갯마을 오후

갯마을 오후

김봉숙 디카시집

갈·라·진·길·에·등·밀·어·주·는·바·람·한·자·락

작가의 말

제주에서 첫 공직생활을 시작하여 삼십여 년 근무하고 있습니다.

전국을 떠돌이로 살아가며 낯설음에 익숙해져야 했습니다.

이러는 과정에서 외로움이 친구가 되었고 아침 산에 오르면

풀과 나무가 말을 걸어왔습니다.

퇴근길 바다에 가면 노을 진 파도가 오롯이 안겨왔습니다.

어떤 날은 강둑에 홀로 앉아 유유히 흐르는 강물이 되기도

했습니다.

강과 산 바다와 들꽃

그리고 가까이 보이는 것을 카메라에 담았습니다.

이들이 전하는 언어를 아름다운 사진과 글로 받으면서

불면의 시간을 창작으로 탈바꿈시켰고,

이들의 몸짓을 그리움으로 엮었습니다.

그렇게 한 편 한 편 디카시가 되었습니다.

지금껏 이끌어 주신 박덕은 지도 교수님과 언제나 지지와

격려를 해준 문우님들께 감사의 마음을 전합니다.

아낌없이 응원해 주는 아내와 가족들 고맙고 사랑합니다.

2022. 11. 무등골에서

축 시

김봉숙 시인

박덕은

명산 자락 거기
신비의 호숫가에 태어난
사색의 가슴

수많은 풍광의
노랫소리와 바람소리
모이고 모여

법도의 길을
올곧게 닦고 닦아
정의의 꽃 피워냈다

어느 날 우연히 만난
시 낭송의 향기에 끌려
소롯이 무대에 섰고

그때 만난
시심의 인연들이
따스한 감성을 보듬어 안았다

삭히고 삭혀
이따금 솟구친 외침들
美의 잔에 담겨 詩가 되었다

늘 겸허의 발걸음으로
천상의 계단을 오르는
미소의 나래

한 걸음 한 걸음
향긋한 노래깃 되어
행복의 깃발 흔들고 있다.

차 례

제 1 장

뱃고동 울리는 여행길에서

차 례

제 2 장

빛나는 너의 배경이 되어 줄게

차 례

제 3 장

설렘의 손끝으로

제 1 장

뱃고동 울리는 여행길에서

낯선 정원에서

제아무리 흔들어도
푸르게 새겨진 녹 벗겨내어
맑은 소리 되고 싶다.

여행

섬 안의 또 다른 섬
종이 막대로 여유 한 조작 얹어
유리알처럼 굴러온 생의 수레바퀴.

갯바위

불구덩이 속에서 나와
온몸에 구멍 뚫린 너
소금끼 머금은 갯물로
끝없이 초록의 연정 담아 기른다.

어울림

실안개 배경 삼아 물오른 가지마다
층층이 고요 매달아 놓고
저마다의 빛깔이 풍경 되는 계절.

아버지와 아들

방긋 웃는 미소도
살며시 기울인 채 거니는 모습도
동틀 무렵 엉클어진 수풀 헤치는 부지런함도
어찌 이리 닮았을까.

산책길

거기 서서 바라본
그 느낌 그대로
산그림자도 여명도 온전히
받아 주는 하루의 시작 그대로.

피아노

아픔이 몸속 파고들어 올 때마다
푸른빛 물그림자 건반 두드리며
날 위로해 주었지, 감미로운 선율로.

코로나 퇴근길

빌딩숲 아래로 떨어지는
노을 따라 집으로 간다
빨간 신호등에 걸리면
그리움 잠깐 멈추다 간다.

폭풍 치는 날

무얼 그리도 담고 싶은 거니?
장대 끝에 나부끼는 깃발?
솟구치는 에메랄드빛?
너를 지켜보는 눈동자?
어떤 거니?

무등의 기도

시린 세월 수없이 가슴에 박아 두고
한평생 허둥대며 살아온 그대
이제는 따스한 바람 불고
강둑 훤히 보이는 길만 가길.

내일 위한 노래

비록 풀들은 누워 시들었지만
나래치는 강으로 가자
굽이진 손잡이 가벼이 잡고
쉼 없이 페달 밟으며
꿈 빛나는 강으로 가자.

둘이서

어쩌면
잊혀진 지난날까지
그리 품어 안을 수 있니,
가녀린 가지마다 예쁜 미소
그리 매달아 놓을 수 있니.

해후

잊혀질 듯 잊혀지지 않는 서로의 눈빛
정겨운 지난 시간 휘저어 돌리니
찻집에 맑은 울림 가득 찬다.

고백 1

뒤뜰 배경 흐려지고
눈앞에 벙긋한 싱그러움
조금만 열어놓아도
그대가 너무 돋보여.

기다림 1

가까이 다가오지 못할까 봐
강 한가운데 내 마음 꽂아 두고
온종일 흔들어 댄다, 그대 오는 길목에서.

꽃 편지

줄줄이 매달려
떨리는 님 소식 한 손으로 부여잡고
연분홍 사연 살며시 열어 읽는다.

동행

아름다운 그대 마음
하나 하나 포개어
따스한 탑 쌓아놓고
서로 마주보며 미소 짓는다
뱃고동 울리는 여행길에서.

겨울 아침

밥그릇 국그릇 하나뿐인 산마을 관사
허둥대는 날 껴안고 고갯길 넘어온 그대
새벽 샘물 한 잔 고이 떠놓고
미역국 끓여 놓은 개다리소반 앞에
고개 숙여 고마움 올린다.

하루 벌이

찬바람이 옷자락 집어드는 겨울
횡단보도 앞 봉지 봉지 묶어 놓은 보따리
오늘은 몇 개라도 팔아야
골방에 연탄불이라도 지필 수 있을 텐데.

어버이날

돌기둥 처마 아래 매달아 놓은
초록 빨강 노랑 우체통에
한 줄 한 줄 써서 넣어 둔 편지
등나무 밧줄 타고 하늘하늘 오른다.

교감

억새꽃이
둥근 활대에 걸린 줄들을
스르르 퉁기며 연주하자
흰구름이 강가에 내려앉아
가을을 감상하고 있다.

바람개비

녹색 치마 위에 쓴 연분홍 편지
여덟 나래로 펼쳐 진종일 님에게 날려보낸다
꽃부리 휘어지도록.

연가

여태 너를 찾아 산속 헤맸지
흔적도 없이 이울진 중턱에
매끈히 솟아오른 꽃무릇 줄기 끝마다
붉은 생기 내밀어 손 흔들었지.

나의 우산

하얀 살대 둥글이 펴서
차가운 새벽 촘촘히 받아낸다
푸석거리는 산모롱이 우두커니 서서.

한가운데

산다는 건 맑음과 흐림 사이의 경계
끊임없이 넘나드는 것
멀찍이 빗방울 들리다가도
문득 푸르름 가까이 다가오는 것.

마지막 순간까지도

뻘물 속으로 추락하여도
가슴 깊이 담아 두고 싶은 건
떨어지는 그 눈빛마저도
마냥 황홀하기 때문.

잠시

하얗게 분칠한 창공에게
바래 가는 초록이 고요히 말 건다
그 사이로 추억이 유유히 흐른다.

바람 부는 날

가까이 다가서면 물러서는
너의 고결함
그 수수한 떨림까지도
가슴속에 온전히 담아 두고파.

유년의 추억

색색이 접어 띄운 동심
지금은 바람 한 점 없지만
언젠가 푸른 강으로 나아가리.

너에게로 간다

어제는 목마름으로
오늘은 폭포수로
내일은 신바람으로.

차선

수천 년
바위 갈라 만든 경계선
넘나드는 건
낮은 곳으로 가는 물뿐.

중용

너무 넘치다 싶으면 물의 문 열고
조금 모자라다 싶으면 물의 문 닫고
언제나 바람 구름 들풀의 벗으로 산다.

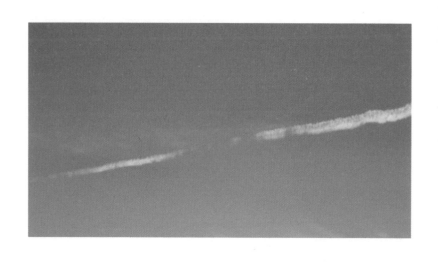

바느질

날렵한 손끝으로
무명천에 하얀 실 꿰어
님의 옷 짓는 시간.

선물

강물의 출렁거림
햇살 한 자락
풀잎의 춤사위
이곳 찾아올 때마다
소롯이 품에 안겨 준다.

기다림 2

구름이 밀어내려 해도
난 여기 서 있을 거야
길 잃은 네가 돌아올 때까지.

출발

이제 아름다운 섬으로 간다
메마른 날들 바닷물에 풍덩
도르래 스르르 내려준 발판 디디며
잃어버린 나를 찾으러 간다.

금강의 숲

하루 명상의 시작
나의 물
나의 산소
나의 거울.

산마을 부부

알록달록 무늬옷 걸치고
자갈밭에 일평생 마주보고 앉아
풀잎으로 점심 떼우며
자연 품고 사는 두꺼비 한 쌍.

섬마을

아들아!
이리 가까이 와서 보렴
파란 언덕 위에서 하얀 옷 걸쳐입고
수평선 너머 먼 바다로 떠나가는 저 배를.

명상

치렁치렁한 날들
싹둑 잘라 버리고
고통 벗어나 고요 찾는다.

행복

한여름 가족 여행 갔을 때
갯바람으로 머리 빗기고
윤슬 물결로 출렁이는 기쁨
안겨 주던 너.

겹사랑

파도가 쉼없이 밀려와
선 그리고 밑면 만들어
모래톱에 뿌리 내린 잿빛 심장.

소통

들쭉날쭉 밭둑에 쌓여 있어도
섬이 전하는 대화와 웃음
막힘 없이 흐른다 .

징검다리

아직은 갯물이 남아 미끄러운 이끼 바윗돌
살금 살금 밟고 한 걸음 한 걸음 나아가면
하늘 바다 맞닿은 수평선에 갈 수 있겠지.

속마음

동글한 사랑 고백
녹색 보자기로 싸려고 해요.

치유의 집

섬과 섬 사이 주춧돌 놓고
감미로운 음악 연주하면
회색빛 지난날 차츰 걷히고
추녀 끝에 기쁨 넘친다.

쉬어 가는 섬

청산도에서는
달팽이처럼
느릿느릿.

선운사의 봄

우린 저절로 어우러져
너는 초록의 물
나는 빨간 불꽃.

초대장

신혼살림 차리길 원하는 분들
우리 마을로 오셔요
첫날밤 원앙새 날아오는 곳으로.

어떤 물음

한쪽은
아직도 황금빛 출렁 출렁
다른 쪽은
알곡을 모두 내어 주었다
당신은 어느 쪽인가.

제 2 장

빛나는 너의 배경이 되어 줄게

진도아리랑

육지 섬 사이
소용돌이가 바위 울리자
팽팽히 쇠줄 끌어당겨 소릿길 연다.

한몸처럼

네가 먼 곳에서 밀려와 쏴악 부서질 때
난 굽이치는 물결이 된다.

기다림 3

차가운 물속에 잠겨도 좋아
너의 숨결 같은 바다가 될 수 있다면.

경청

세월의 흔적 끼었지만
귀담아 들어줄게
숨기지 말고 다 털어 놔
속이 후련해질 거야.

외출 준비

가까이 내게로 와
겹겹 연분홍 미소 지어 봐
입술도 눈썹도 아름답게 될 거야
봉긋한 붓끝이 스치자마자.

여명

수런대는 갈대
멀리 외딴집
새벽 깨우느라 바쁘다.

붓

진정 그리고 싶은 게 뭐야?
저기 멀리 보이는 바다야?
먹구름 떠가는 하늘이야?
지금부턴 너만의 그림을 그려 봐.

상상의 나래

솔잎 비늘 머리에서 등까지 두른 채
날카로운 발톱을 시퍼런 물속에 감추고
꿈틀거리며 마법의 여의주 찾고 있다
드높이 날아오르려고.

길잡이

어둠이 발끝에 오면
길 잃은 어선의 항로
불켜진 빗자루 들어
요리조리 쓸어낸다.

적응

깊은 뻘 속의 고향 떠나
밭둑에 뿌리 내린 지 오래
혈관 속 붉은 피마저도 변하여
또록한 녹색별 되었다.

깨달음의 경지

몸뚱이 잘린 돌탑 끝에
연꽃이 핀다
속세 벗어나길
간절히 바라는 두 손
모으고 또 모아.

비 오는 날

밤새 기다렸어
네가 올 때까지
저 빗방울 소리 들으며.

풍경

지리산 산사 처마 끝
밤낮으로 깨어 있는
물고기 한 마리
바람 지나갈 때마다
불경 읽는다.

생각쟁이

까만 바다 불 밝히는 당신
개펄에 파묻힌 상상력 콕콕 캐내어
디카시 한 편 쓴다.

쉬는 날

꽁무니에 달린 엔진 끄고
그물망도 갑판에 둘둘 말아두고
뭉게구름 덮은 항구에
여정 잔잔히 풀어놓는다.

해바라기의 결심

대지만을 생각할 거야
꽃잎마다 돌풍 휘몰아
희망 가득 담아 줄 거야.

무얼까

벌레일까 풀잎일까
아무려면 어때?
자기 느낌대로
바라보면 그만이지.

최고의 순간

녹색 치마 두르고 붉은 저고리 입고
그대 오는 날
북채 두드려 꽃망울 활짝 터뜨릴 거야.

노을

땅끝 마을 들녘에
영산강 화가 되어
들풀, 강물, 둑방에 서 있는 나까지
물들인다.

동화

인연의 뿌리 깊을수록
시냇물 깊이 흡수하고
그늘이 되어주는 네가 있으니
다리와 발가락까지도
너와 같은 빛깔이 된다.

숲으로 가는 길

누구든
한 걸음 한 걸음 올라 봐
풀꽃 향기에 젖어
산능선 쉬엄쉬엄 넘어
흰구름 될 테니까.

회춘

갑옷 같이 거친 피부
그 언저리에도
파릇한 청춘이 돋는다.

숲

검게 타고
속은 텅 비었지만
다정히 감싸 주는 이웃이 있어 좋다.

해탈

둥그런 길손이
계곡에서 외줄 타며
뜨거운 번뇌 식힌다.

오월 한낮

먼 바다 훤히 보이는
어느 시인의 생가
뒤뜰에 피어난
추억이 소담스럽다.

봄소식

길모퉁이에서
초록의 가지마다
탱글 탱글 그리움 걸어놓고
해종일 기다린다.

갯마을 오후

갈라진 길에
고단한 무게 이고 지고 간다
등 밀어 주는 바람 한 자락
집으로 가는 발걸음 가볍기만 하다.

바라기

날마다 내게로 와서
너의 발바닥을 나의 발등에 올리고
등과 가슴을 맞대 봐.

길 안내

아무도 없는 숲
우연히 만난 달팽이 한 마리
촉수 내밀어 길 묻는다
지금 여기가 어디쯤이유?

호기심

할머니 손 꼬옥 잡고
갯마을에 소풍 나온 동심
뻘 속에서 꼼지락거리는 신비 찾는다.

봄맞이

논두렁에도 꽃 피는 계절
손끝에 잡고
잠자는 감성 봉긋이 문지른다.

금강골

붓 한 필 물감 한 짬
물 한 방울 없어도
흰 구름 고요 산그림자
도화지에 그리는 수채화가.

노을강

두 바퀴로 먼 길 달리다
잠시 멈추어 선 강변
철다리 그물에 걸린
까치놀 저녁빛.

모래성

송지나라 공주님
님이 두고 간 말 고삐 부여잡고
돌섬처럼 변함 없는 갈채
방울 방울 눈동자에 담는다.

찰칵

너의 빛나는 배경이 되어 줄게
좀더 가까이 다가와 봐
하늘빛 호수에 가득 담겨
붉은 사랑으로 피어나도록.

기다림 4

비 오는 날 밭두렁 길
홀로 거닐 때
우산이 되어 주는
보랏빛 그리움.

봄비의 연주

작은 종들을 똑똑 두드릴 때마다
풀잎 위에 보랏빛 사연 데구르르.

언제쯤 올까

길게 묶여 있는 목줄 풀어헤치고
노란 꽃내음 맡으며
님이랑 함께 노 젓는 날.

섬이 아름다운 이유

울타리 사이에서
가녀린 꽃잎마다 청순한 미소
너른 이파리에 초록 머금고
날마다 바다를 바라보기 때문.

유년의 초대

서로 책상에 줄 긋던 소꿉장난
저 멀리 수평선 마루에 올려놓고
섬마을 교실의 속삭임 찰칵.

탄생

풀숲의 청색 꿈들
바람의 발걸음 소리에 깨어나
하얀 날갯짓 한다.

너만은

한바탕 굿판 벌이다
어디론가 모두 다 떠나간 후에도
산골의 어스름 혼자 밝혀 주는
무지갯빛.

숙성의 뜨락

저기 하늘빛
댓잎 끝에 매달아 놓고
저마다 빛깔과 향기로 익어 간다.

돌아가는 곳

날마다 편지를 써도
산이 하나뿐인 황토땅에서
너의 핑크빛 사연 읽을 수 없는 이유.

윤슬

30년 몸 바친 일터 사표 쓰고
동해 바다로 갔을 때
갯바위에서 수평선까지 눈부셨지.

초원이 되고 싶다

여름 한낮 가던 길
잠시 멈추어 황토 밭둑에 앉아
살랑이는 옥수수 이파리 닮고 싶다.

소리체

술 빚는 마을 뒷뜰 삿갓 쓴 채
고무망치로 댕댕 울려
항아리 속 비밀 은은히 알린다.

디코럼

저마다 색깔 모양 달라도
서로 조화롭게 어우러져
강둑에 초여름 차려 놓았다.

그 곳에는

길 잃은 이들 꼿꼿이 서서 안내하고
언제라도 파도의 감미로운 음악 듣고
눈부시도록 빛나는 벗이 곁에 있다.

불타는 사랑

납작한 손바닥 바늘 꼽고
쭈굴어들기도 하지만
님 오는 돌담길에 진종일 부채 흔들며
노오란 꽃향으로 맞이한다.

제 3 장

설렘의 손끝으로

설렘의 손끝으로

파란 잉크 한 방울
살포시 찍어
까만 종이 위에
단풍잎 같은 편지 쓴다
생긋한 아침에.

출항 준비

목에 걸린 밧줄 풀고
곱빼기 너른 장화 신고
동해 바다로 나가
레이더로 고기떼 탐지해 볼까.

수세미꽃의 하루

산마을 골목길 돌담 타고 올라가
높고 푸른 기운
덩굴손 끝에 모으려고
얼키설키 그물망 짠다.

마음의 돌탑

산중턱에 올라갈 때마다
소원 한 줌 기도 한 줌
폭풍우에도 견디는 탑이 되라고
두 손 모아 빌었지.

쉼터에서의 대화

새벽에 처음 만난 노부부
절여오는 다리로 그네를 탄다
안개처럼 살아가자며
강물처럼 흘러가자며.

어서 어서

저 소나무 앞에 있는 모래성 안에 들어가면
백설 공주 만날 수 있겠지
갯바람이 지워 버리기 전에
얼른 가 봐야겠다.

너는 너대로 나는 나대로

같은 땅에서 자라고 있는데
꽃이 달리 피는 이유가 뭘까
저마다의 색깔과 모양
있는 그대로 인정해 달라는 뜻일 거야.

넉넉한 인심

하루하루 꼼지락거리는 지붕 아래로
금빛가루 무료로 부지런히 뿌려대는
새벽 은행.

꿍꿍이 속

몹시도 배고픈 악어 한 마리
기와집 처마 아래로 가까이 다가와
입천장 굵은 혈관 또렷이 드러낸다.

환영합니다

나무줄기 빨랫줄에
걸어 둔 무명천의 버선들
쭈욱 콧등 내밀어
님 맞을 채비한다.

숲속 음악 교실

바스락 바스락
대지 위로 올라온 들꽃들
아름다운 리듬 연주하자
풀잎들이 들썩들썩.

마음

서로의 심장 맞닿아 부둥켜안고
정겨움이 하늘하늘 자라는 섬
해조음 들으며 오솔길마다
동백꽃 피우는 섬.

귀명창

새벽 헤집고 날품팔이 가는 소리
어디론가 길 떠나는 여행자 소리
초록의 가지에 숨어 우짖는 소리
담아 듣는다, 허공에서 쫑긋거린 채.

공존

말리 버린 계절이
아직도 한 톨 한 톨 남아
호수 위 가지마다
초록 봄 수놓고 있다.

고백 2

노란 꽃잎 우산 날아가고
둥그런 솜덩이 하나 남았지
봄바람의 입김에
후후 흩어지는 그날까지
너의 달콤한 솜사탕 되어 주려고.

가로등

하루 일 끝내고
축 늘어진 어깨에 가방 둘러메고
푸석푸석 골목길 들어설 때
층층이 길 밝혀 주는 연분홍 등불.

흔적

그대는 썰물 되어 먼 바다로 가고
나의 회색빛 여정만 선율로 남았네
그대가 파도처럼 밀려오는 날
굴곡진 이 마음 굽이굽이 펼쳐
모래톱에 실비단 실어 나르리.

물조루

뜨거운 땡볕에 목마른 이들은
모두 다 내게로 오라
나무줄기 타고 내려오는 숲속의 물
촉촉이 뿌려 줄 테니.

산중 쉼터

험하고 힘든 세상
무등 타고 고갯길 넘으면
솔바람처럼 가벼워질 거야.

새벽

기와집 처마 아래 어둠의 경계 허무니
구불진 산능선에 빛이 들썩들썩.

동반자

서로 마주보며
똑같은 색깔 모자 쓰고
잔잔한 새벽에 조각배 띄운 채
평생 당신의 물그림자 되리.

머리 땋기 대회

여기저기 초록의 알갱이들
거꾸로 어긋나게 꼬아
허공 한아름 빗살친다.

노을

빛나는 순간들 다 내려놓고
차츰 희미하게 가라앉는다
앞서가는 그림자 따라가며.

마중

발밑 나뭇가지에
밤새 마음 걸어놓고
그대 오는 길 비추고 있다.

이별

나는 방파제
너는 하얀 물보라.

돌섬

풍랑에
까맣게 구멍 났지만
천장에 하늘빛 가득 들어오니 좋아.

부채처럼

뭉툭한 깃털 가볍게 흔들어
소나무 사이로
무더위 확 날려 버려.

휴식

물속에 발가락 살며시 담가 놓고
해조음 들으며
절여온 마디 마디 토닥인다.

한 번쯤

먼 길 가다 나무그늘에 앉아
엄지 검지로 초록을 꼬옥 집어 봐
사색의 숲이 한 움큼
그대 안으로 들어올 테니까.

꽃잎 연가

가느다란 발목
봉긋한 맵시 앞세우고
나들이 가는 소녀들.

숲속 아침

우렁찬 울림
일으켜 세워
강으로 내보낸다.

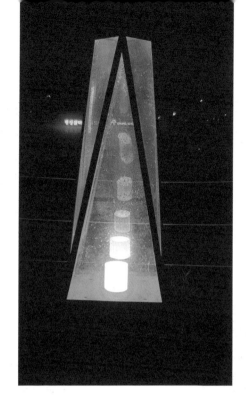

너와 내가 생각 모으면

세모도 네모도 만들고
그 안에 작은 원통도 품어,
어둠 밝히는 등불 될 수도 있어.

길

모두 잠든 시간에도
밤새 길목 비추니
굽이진 산속의 울부짖음도
잠시 와 쉬었다 간다.

비바라기

얼마나 목이 마르면
무지갯빛 간절함 펼쳐 놓았겠니
흠뻑 젖어도 좋으니
제발 내게로 와 다오.

가족 1

저마다 손끝으로 빚고 접어
우리들의 아름다운 여정
메마른 사막밭에 심는다
행복이 푸릇푸릇 자라도록.

삼형제

딱딱한 굳어 버린 돌섬
서로 뭉치어 발로 사뿐히 바닥 짚고
고개 들어 훌쩍 허공 뛰어올라
순조로운 여행길 떠나 보자.

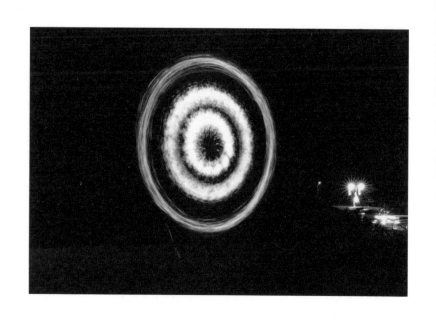

사진 교실

얼마만큼 조리개 열어야
해가 이처럼 속눈썹으로 보일 수 있을까
얼마만큼 속도로 셔터 눌러야
캄캄한 들녘에서도
이처럼 빛나는 눈동자 될 수 있을까

유산

아버지가 남겨 준 가락지
두 딸 며느리 나누어 끼었다
고향집 앞마당 펼쳐진 금빛 사랑.

이따금

아름다운 꽃도
붉은 비단 위에 구불구불 기어다니는
벌레처럼 느껴지는 순간이 있다.

그리운 시절

두 손 오므려 감싸 안아 주면
뜀박질 그 순간 되돌아갈 수 있을까
손바닥 힘차게 허공 내려치면
다시 되돌아올 수 있을까.

아버지의 굴뚝

일평생 땔감 캐내어
사 남매 방구들 따뜻이 달군 당신
하늘로 올라가는 그날까지도.

나들이

비가오다 그쳤다하는 장마철
녹색 친구들 이끌고 나들이 간다
한 번쯤 거꾸로 세상 바라보면서.

산길

행여나 낯선 길 헤맬까 봐
여름 가지마다
저마다의 색깔 매달아 놓고
말없이 길 안내한다
헤어지고 삭아지는 그 순간에도.

아이야

이게 노을이라면
너는 이해할 수 있겠니
이게 여태 지나온 날을 빚어 붓끝으로
밀어올린 사랑의 잔이라면
너는 믿을 수 있겠니?

행복

반쯤 눈 뜨고
창밖 바라보니 초록이 들어온다
비록 피부는 주름지고 있지만
초록 내내 볼 수 있으니
그 얼마나 아름다운 일인가.

겨울 단상

고개 숙인 채
무얼 그리도 찾고 있니
지금껏 살아 왔으면 그만이지
어느 곳에 있어도
외로움도 친구 되면 그만이지.

보라

곱던 얼굴에 촘촘히 박혀
지금껏 땡볕에서 침묵하며
점점 성숙해진 사색의 알갱이들.

한 발로도

지금껏 외길로 살아왔듯
혼자서도 윤슬 줄넘기 가벼이 넘고선
오래도록 명상에 잠긴다.

가족 2

돌 위에 앉아 있으니 엉덩이 차갑지?
다문 입 벌려 크게 웃어 봐
앞니가 훤히 보일 만큼
기분이 저절로 좋아질 거야.

길

발밑 철썩거림이 갯벌 쓸며 물러나자
섬 사이 길이 열린다
석화 서걱거리는 길 위
침묵은 타오르는 내일 부르고
낭만은 저물어 가는 오늘을 노래한다.

야간 교실

몽당한 몸짓으로도
개성 살려 앞길 밝힐 수 있는 건
평생 배움을 심지 끝에 모으기 때문.

침묵의 의미

무얼 그리 깊이 생각에 잠겨 있니
파란 가을이 진종일 곁에 머물러서
뒤덮고 있는 숲이 늘 변치 않아서
아무래도 괜찮아
잃어버린 자신을 찾을 수만 있다면.

지조

오로지 당신만 바라보고 살았습니다
휘어지는 어깨 찢어지고 벗겨져도
꿋꿋한 의지 한 번도 꺾지 않았습니다.

가고 싶은 곳으로

까만 철울타리 안에서
제대로 발 뻗고 쉴 수도 없었다
찾아 나서렴 낭창거리며
가벼이 저 대지 향해.

사연

그대의 초록 숨결이
저리 순백의 꽃으로!
만약에 그대가 없었다면
지금의 나도 있을 수 없겠죠.

비우기

지난 시절 다 덜어내고 나니
톡톡 맑은 울림 들녘에 번지고
매끄러운 윤기 바람 타고
옆구리 가벼이 쓸고 지나간다.

시 평

문학박사 박 덕 은

한실문예창작 지도 교수
아프리카TV BJ
전 전남대학교 교수
동화작가 · 시인 · 화가
소설가 · 문학평론가

김봉숙 시인의 디카시집 출간을 축하하며

김봉숙 시인은
문학상으로는 [문예사조] 시 신인문학상, [문학공간]
디카시 문학상 대상 등으로 문단 데뷔했으며, [오은문
학] 디카시 문학상 대상, [현대시문학] 삼행시 문학상
을 수상하기도 했다. 현재 시 낭송가, 광주문인협회 회
원, 광주시인협회 회원, 한실문예창작 회원, 둥그런문
학회 회원 등으로 활약하고 있다.
뿐만 아니라, 시낭송 지도사, 스피치 지도사, 행정사,
학교폭력상담사, 한국형에니어그램 일반강사 등으로
바쁜 일정을 꾸려가고 있다.
자, 그러면 지금부터 김봉숙 시인의 디카시 작품 세계
로 산책을 떠나보자.

[꽃 편지]

줄줄이 매달려
떨리는 님 소식 한 손으로 부여잡고
연분홍 사연 살며시 열어 읽는다.

계간지 [오은문학] 디카시 문학상 대상 수상작인 이 디카시에서의 시적 화자는 줄줄이 매달려서 꽃을 피운 초롱꽃을 바라보고 있다. 초롱꽃을 님에게서 온 꽃 편지로 해석하고 있는 것이다. 님과 내가 사랑을 주고받았을 푸른 밤의 추억이 시간을 가로질러 싱싱하게 건너온 것일까. 꽃잎들이 핑크빛 설렘처럼 화사하다. 두근두근거리는 심장처럼 님을 향한 그리움은 여전히 뜨겁다. 사랑이 이처럼 시간이 흘러도 달달할 수 있다면 얼마나 좋을까. 초롱꽃에 담긴 저 연분홍 사연들이 부럽기만 하다. 그 사연은 하나가 아니라 무려 6송이다. 6송이의 연분홍 사연으로 꽃피어날 때까지 늘 좋은 일만 있었던 것은 아니었을 것이다. 이해와 배려로 차이를 극복하면서 연분홍 사연을 꽃피우기 위해 노력했을 시적 화자. 님을 향한 마음이 초롱꽃처럼 이쁘다. 님을 향한 지극한 마음을 시적 화자는 '떨리는 님 소식 한 손으로 부여잡'고 있다고 말하고 있다. 첫 설렘처럼 달콤한 저 떨림이 6송이의 연분홍 사연을 꽃피어나게 했을 것이다. 님을 향한 사랑의 떨림이 앞으로도 지속될 것 같아 기분이 좋다. 사랑을 하려거든 저 초롱꽃처럼 해야 한다고 말하고 있는 듯하다. 멋진 디카시의 매력을 한껏 살려 놓고 있다. 초롱꽃을 새롭게 해석하여, 낯설게 하기에 성공하고 있다.

[갯바위]

불구덩이 속에서 나와
온몸에 구멍 뚫린 너
소금기 머금은 갯물로
끝없이 초록의 연정 담아 기른다.

월간지 [문학공간] 디카시 문학상 대상 수상작인 이 디
카시에서의 시적 화자는 갯바위 틈에서 자라난 연둣빛
풀에 감탄하고 있다. 어찌 저런 삭막한 곳에서 뿌리내
리며 자랐단 말인가. 불구덩이 속에서 살아남아 온몸
에 구멍이 뚫린 바위, 거기 흙 한 점 없는 곳에서, 게
다가 소금기 가득한 갯물로, 어떻게 저 초록을 키워냈
단 말인가. 그것도 끝없는 초록의 연정 담아 기르며 견
뎌냈단 말인가. 불구덩이 속에서도 살아남은 갯바위가
마치 부모님처럼 느껴져 마음이 아프다. 아픔 많은 현
실이라는 불구덩이, 울음 많은 어제라는 불구덩이, 두
려움 많은 내일이라는 불구덩이, 그 불구덩이 속에서
도 우리의 부모님은 살아남아 자식들을 키워냈다. 연
둣빛 같은 자식들을 반듯하게 키우기 위해 삶은 결코

만만하지 않았을 것이다. 하루하루가 소금기 머금은 갯물처럼 짠내 났을 것이다. 그 짠내 나는 시간들을 버티며 자식들을 돌보았을 것이다. 비릿한 세월 속에서도 오직 초록의 연정 담아 자식들을 키웠을 것이다. 사진 속 갯바위 틈에서 자란 풀 세 포기가 유치원에 다니는 아이들처럼 귀엽다. 한글을 떼기 위해 작은 입을 벌리며 가갸거겨 고교구규를 외우고 있는 듯하다. 저 모습을 바라보는 부모님은 얼마나 흐뭇했을까. 비록 내일도 모레도 소금기 가득한 하룻길을 걸어야 하겠지만, 그 발걸음이 결코 외롭지만은 않을 것 같다. 갯바위를 통해서 부모님의 그 강인함, 그 인내력이 와닿아 마음이 숙연해진다. 자연에서 삶의 의지와 방향을 배우게 된다.

[아버지의 굴뚝]

일평생 땔감 캐내어
사 남매 방구들 따뜻이 달군 당신
하늘로 올라가는 그날까지도.

계간지 [오은문학] 디카시 문학상 대상 수상작인 이 디
카시에서의 시적 화자는 하늘로 쭉 뻗어 올라간 구름
한 줄기에 눈길을 보내고 있다. 마치 굴뚝에서 연기 한
올 하늘로 뻗친 듯하다. 아버지의 굴뚝은 제 속이 까맣
게 타들어가는 줄도 모르고 흰빛 같은 자식에 대한 사
랑을 위로 위로 밀어올렸을 것이다. 오장육부까지 새

까맣게 타들어가면서 좁고 험한 세상의 바닥을 걷고 또 걸었을 것이다. 그렇게 그 추운 겨울밤에도 잠도 못 자고 자식의 방구들을 따스하게 해주기 위해 긴긴밤을 뜬눈으로 지새웠을 것이다. '아버지의 굴뚝'이라는 제목에서 많은 상징이 담겨 있는 듯해 시의 깊이가 느껴진다. 실제 그 옛날 시골에서는 땔감 구하는 게 중요했다. 땔감이 있어야 밥도 짓고 쇠죽도 끓이고 구들장도 따뜻하게 할 수 있었다. 아버지가 일평생 땔감을 캐낸다는 것은 자식을 위해 온몸을 바친다는 뜻이다. 이 시는 뼛골이 빠지도록 일하다가 나이가 들어 마른 장작처럼 말라버린 아버지를 보는 듯해 마음이 아프다. 마지막 숨을 거두는 그 순간까지도 자식의 방구들을 따뜻하게 지펴 줄 마음의 땔감이 되고 싶었을 아버지. 자식에 대한 아버지의 사랑이 지극하다. 아버지가 돌아가신 후에야 비로소 알게 된 아버지의 사랑 앞에 고개 숙이고 있는 시적 화자, 그 젖은 눈시울이 보이는 듯하다.

[이별]

나는 방파제
너는 하얀 물보라.

이 디카시에서의 시적 화자는 자신을 방파제라고 하
고, 너는 하얀 물보라라고 한다. 결국 배는 물보라를
일으키며 떠나가 버린다. 배가 물보라를 일으키며 가
버리면, 결국 방파제는 홀로 남게 된다. 방파제는 파도
나 해일 따위를 막기 위하여 항만에 쌓아올린 둑을 말
한다. 사실 방파제는 배를 보호하기 위해 만들어졌건
만, 물보라는 배의 뒤를 따라 저 멀리 가 버린다. 이때
방파제에게 밀려드는 허전함, 그리고 배신감, 어떡하
란 말인가. 헤어짐이 있기 전에는 함께 파도소리에 깔
깔깔 웃고 노을 진 수평선을 바라보며 행복했을 것이
다. 해일 같은 어려움이 닥쳐와도 함께 있기에 두렵지
않았을 것이다. 그런데 어느 날부터 당신은 방파제 같
은 내 안에서만 있기를 거부한다. 내가 가둘 수 없는
먼 곳으로 떠나려 한다. 아무리 말을 해도 당신은 고집
을 꺾지 않는다. 나는 방파제 안에서만 당신이 머물기

를 바라고, 당신은 방파제 바깥으로 나가기를 바란다. 둘의 고집이 따로따로 억지를 부리니, 이젠 헤어질 수밖에. 이별 이전에는 그래도 한몸 같던 연인이었는데, 어찌 이런 아픔을 남겨두고 당신은 떠나가야 한단 말인가. 사색에 잠길수록 더욱 가슴이 아리고 쓰리다.

[휴식]

물속에 발가락 살며시 담가 놓고
해조음 들으며
절여온 마디 마디 토닥인다.

이 디카시에서의 시적 화자는 바닷가 갯바위를 의인화시켜 놓고 있다. 사진 속 저 갯바위에 앉아 있으면 파도와 내가 한몸인 듯 편안할 것 같다. 바다가 들려주는 먼먼 옛이야기에 가뭇없이 빠져들 것 같다. 노을을 뒤집어쓴 수평선에 사로잡혀 나도 금관 노을을 쓰고 한바탕 춤이라도 출 것 같다. 석양 저 너머로 꽃가마 타고 떠난 노을 여인을 바라보며 아쉬워하기도 할 것 같다. 갯바위도 이런 감정, 이런 사색 속으로 들어가 휴식을 취하고 싶었던 것일까. 실제 호주에서는 강권이 있다. 강에게도 건강하게 강물로서 살아갈 권리가 있다며 그 권리를 존중해 주어야 한다고 법제화했다고 한다. 호주의 강권처럼 갯바위에게도 건강하게 갯바위로 살아갈 권리가 있는 것이다. 낚시꾼의 일터로만 존재하는 게 아니라, 갯바위 자체로 존재하며 마음 편히 해조음을 들을 수 있게 해줘야 한다. 그동안 바닷가 갯바위는 직장인처럼 낚시꾼들을 위해 열심히 일했을 것이다. 일이 없던 어느 날, 모처럼 발가락을 물속에 살며서 담가 놓고 쉬고 있는 것이다. 해조음 들으며, 그동안 힘들게 뛰어오고 살아오다 절여진 삶의 마디 마디를 토닥여 준다. 그때 잔물결이 밀려와 발등을 쓰다듬어 주고 있다. 참으로 행복한 순간이다. 그 느낌이 독자들의 마음을 향긋이 젖게 한다.

[가족 1]

저마다 손끝으로 빚고 접어
우리들의 아름다운 여정
메마른 사막밭에 심는다
행복이 푸릇푸릇 자라도록.

계간지 [오은문학] 디카시 문학상 대상 수상작인 이 디
카시에서의 시적 화자는 가족이 빚어 놓은 토기에 다
육 하나씩 심어 놓고, 한참을 사색에 잠겨 있다. 가족
은 저마다 맘에 드는 모양으로 토기를 빚었을 것이다.
감정을 담고 생각을 담고 꿈을 담기 위해 정성을 들여
토기를 빚었을 것이다. 한 가족이라 토기의 모양이 비
슷한 것일까. 멋진 하모니를 이룬 듯 토기 하나 하나가
예술적이다. 저 가족은 서로에 대한 이해가 깊어, 움
푹 들어간 아픔도 감싸주고 볼록 튀어나온 웃음도 공
감해 줄 것 같다. 가만히 바라보고 있으면 반짝반짝한
토기가 시선을 끈다. 윤기 나는 미래가 열릴 듯 반짝거
린다. 한마음 한뜻으로 가족의 삶을 담을 수 있게 반짝
이는 토기를 빚었으니 이제 걱정할 것 없다. 토기 안에
는 다육이 자라고 있다. 다육 식물은 잎 또는 줄기 안
에 물을 축적하는 식물을 말한다. 건조 지역처럼 물을

쉽게 얻을 수 없는 지역에서도 다육 식물은 잘 자란다. 그런 다육처럼 가족들은 어디서든 행복을 키우며 살 것이다. 메마른 사막밭 같은 일터에서 가족이 일을 하더라도 곁을 지켜주는 가족이 있기에 행복은 푸릇푸릇하게 자랄 것이다. 시적 화자가 가꾸어 가고 싶은 멋진 가족이라는 미래상이 보이는 듯해 흐뭇하다.

[그리운 시절]

두 손 오므려 감싸 안아 주면
뜀박질 그 순간 되돌아갈 수 있을까
손바닥 힘차게 허공 내려치면
다시 되돌아올 수 있을까.

계간지 [오은문학] 디카시 문학상 대상 수상작인 이 디카시의 시적 화자는 시계탑을 바라보며 자신의 내면을 고백하고 있다. 사진 속 시계는 오후 5시 28분 30초를 가리키고 있다. 어린 시절의 오후 5시 28분 30초였다면 동네에서 또래 아이들과 재미있게 놀고 있었을 것이다. 직장에 다니고 있는 성년이라면 퇴근을 앞두

고 마감을 시을 시간대이다. 시적 화자는 '두 손 오므
려 감싸 안아 주면/ 뜀박질 그 순간 되돌아갈 수 있을
까'라며 그리운 시절을 회상하고 있다. 여기서 말하는
뜀박질 그 순간은 무엇을 의미하는 것일까. 웃음소리
로 가득했던 어린 시절, 사랑하는 사람과 가슴 뛰게 사
랑했던 연애 시절, 꿈을 향해 나아갔던 열정의 시절 등
을 의미할 것이다. 시적 화자는 아름다운 그 시절로 돌
아가고 싶어한다. 오후 5시 28분 30초라는 시간대는
밤은 아직 오지 않고 있고 낮은 지지 않아 바깥이 환한
시간대다. 꿈을 향해 여전히 나아갈 수 있는, 사랑하는
연인을 만나 속삭일 수 있는, 또래 아이들과 즐겁게 놀
수 있는 시간대다. 생각할수록 그리운 그 시절이 오후
5시 28분 30초의 시간대다. 손바닥 힘차게 허공 내려
쳐서라도 다시 되돌아가고 싶은 그 시절. 다시 되돌아
갈 수 없다는 걸 너무나 잘 알기에 시리고 아프다.

지금까지 살펴본 대로, 김봉숙 시인의 디카시 세계는
매우 다양하고 개성이 있고 독특하다. 자기만의 세계
를 담고 있어, 풍기는 특수성이 마음을 행복하게 해준
다. 시와 사진이 만나, 예술미를 풍겨 주고, 보는 이
의 가슴을 뿌듯하게 해준다면, 디카시의 임무는 무사
히 마쳤다고 해야 할 것이다. 삶의 의미를 다양한 각도
로, 다채로운 시선으로 해석하고, 이를 시적 형상화하
여 보여 주고 있어, 독자는 계속 다음 작품을 향해 달
리게 된다. 시적 형상화된 시는 사진 속의 오묘한 세계
를 보듬어 주고 이를 더욱 빛나게 해준다. 사진은 초점
이 잘 맞아, 깔끔하고 또 대각선 구도 등이 마음을 편

안하게 해준다. 곳곳에 널려 있는 발견의 재미, 새로움의 만남 등도 제공해 주고 있어, 독자들의 눈길과 발걸음이 행복하다. 시와 사진을 아우르는 제목도 매우 적절하여, 디카시의 매력을 한층 드높여 주고 있다. 제목의 품격이 디카시의 특질과 맛을 돋보이도록 해주어야, 디카시는 더욱 살아나고 깊이가 있어 보인다. 이 모든 걸 두루 갖춘 김봉숙 시인의 디카시들, 이들이 한 자리에 모여, 이처럼 아름다운 디카시집으로 세상에 나오게 되어, 참 기쁘다.

앞으로도 제2, 제3 디카시집, 또는 시집을 발간하여, 여생 동안 시와 함께하고 사진과 함께하는 멋진 삶이 지속되길 기원한다.

― 길가에 나 있는 풀잎들의 초록빛을 부러워하며

한실문예창작 지도 교수 박덕은

(문학박사, 전 전남대 교수, 문학평론가, 시인, 동화작가, 소설가, 사진작가, 화가)

김봉숙 디카시집

갈·라·진·길·에·등·밀·어·주·는·바·람·한·자·락

인쇄	2022년 11월 20일
발행	2022년 11월 25일

지은이	김봉숙
사진	김봉숙
디자인	그린출판기획
표지캘리	그린출판기획

펴낸곳   그린출판기획
　　　　　출판등록 2008년 3월 25일 제 359-2008-000072호
　　　　　주소　　　광주광역시 동구 백서로 117번길 3-1
　　　　　구입문의 062_222_4154
　　　　　팩스　　　062_228_7063
ISBN　　　978-89-93230-45-1